EL REY COLIBRI

A mi esposo, Samuel Ziegler,
crítico, ayudante, amigo.

Library of Congress Cataloging-in-Publication Data

Palacios, Argentina.
    The hummingbird king: a Guatemalan legend / written and adapted
by Argentina Palacios; illustrated by Felipe Davalos.
        p.   cm.—(Legends of the world)
    Summary: A young chief who had been protected by a hummingbird is
killed by his jealous uncle and then transformed into a quetzal,
symbol of freedom.
    ISBN 0-8167-3051-2 (lib. bdg.)   ISBN 0-8167-3052-0 (pbk.)
    1. Mayas—Legends.   2. Quetzals—Folklore.   [1. Mayas—Legends.
2. Indians of Central America—Guatemala—Legends.   3. Folklore—
Guatemala.]   I. Davalos, Felipe, ill.   II. Title.   III. Series.
F1465.P36   1993
398.2′097281—dc20   92-21437

EL REY COLIBRÍ

LEYENDA GUATEMALTECA

TEXTO Y ADAPTACION DE ARGENTINA PALACIOS

ILUSTRACIONES DE FELIPE DAVALOS

TROLL ASSOCIATES

irámides, palacios y templos de piedra hoy se yerguen silenciosos, abandonados y cubiertos por la espesa selva tropical. Pero no siempre fue así. Hace muchísimo tiempo, las imponentes ciudades construidas por los mayas eran centros de gran actividad.

En una de esas ciudades, de nombre olvidado desde hace mucho tiempo, vivía una vez un *halac uinic,* es decir, un jefe. Como no tenía descendencia, se sobreentendía que Chirumá, su hermano menor, lo iba a reemplazar un día.

Pero la esposa del jefe quería un hijo. Todos los días rezaba con la mayor fe. Y un día, como respuesta a sus plegarias, le nació un varoncito. El niño nació el día 13 del mes, un día de suerte ya que, según los mayas, los cielos eran 13.

Al momento de nacer la criatura se vio otra señal. Un hermoso colibrí se posó en la rama de un árbol frente a la majestuosa residencia. No se trataba de un pájaro cualquiera sino del colibrí más vistoso y más grande jamás visto por los alrededores. Por otra parte, nadie recordaba haber visto un colibrí quieto durante tanto rato.

El sumo sacerdote llegó a la conclusión de que era un buen augurio y dijo: —Los dioses han enviado un mensajero para decirnos que este niño será extraordinario, como ese colibrí.

Unos días más tarde hubo una ceremonia especial
para ponerle el nombre al niño. Ese día, el sumo sacerdote
dio al jefe y a su esposa una pluma de color rojo vivo que
había encontrado bajo la rama donde se posó el colibrí.

—Se llamará Kukul—, dijo la esposa del jefe—. Ese
nombre significa "pluma hermosa".

—Esta pluma protegerá al muchacho, siempre y
cuando la lleve consigo—, añadió el sacerdote.

A la gran celebración que hubo en la plaza pública asistió la población entera. Todos estaban muy alegres menos Chirumá. Sabía que, con el nacimiento de ese niño, él, Chirumá, no llegaría a ser *halac uinic*.

Kukul creció y se convirtió en un joven apuesto de cabellos negro azabache y piel canela. Era muy inteligente y sobresalía en cualquier tarea que se le asignara. De niño, pasaba muchas horas con su padre estudiando los astros.

Como todos los muchachos mayas, Kukul aprendió de sus mayores el arte de la guerra. Él mismo hacía sus lanzas, sus arcos y sus flechas—éstas tan derechas y fuertes como quien las hacía.

Pronto llegó el momento en que Kukul debía tomar su puesto entre los hombres de su pueblo. Una tribu nómada peleaba contra los suyos. Kukul y Chirumá se fueron a la guerra con todos los demás. Llovían lanzas y flechas por todas partes. Kukul luchaba valerosamente. A veces se ponía al frente de todos, pero donde estuviera, no lo tocaba ni una flecha ni una lanza.

Chirumá lo notó y se dijo a sí mismo: "Seguramente que los dioses protegen a Kukul".

En un cierto momento, Kukul vio que una flecha se dirigía hacia Chirumá. Kukul se interpuso, como escudo, entre su tío y la flecha. La flecha cayó al suelo sin hacer daño a nadie. Los enemigos huyeron espantados y Kukul se dedicó a atender a los heridos.

"¿Cómo es que a Kukul no lo hiere nada?" se preguntó Chirumá. "Debe tener un poderoso amuleto. Lo voy a averiguar".

Esa noche, Kukul dormía en una estera. Chirumá se le acercó y rebuscó por todo el dormido cuerpo sin encontrar nada. Y de repente encontró lo que buscaba: una larga pluma roja que apenas sobresalía por debajo de la estera.

"¡El amuleto!" se dijo Chirumá alegremente mientras con todo cuidado sacaba la pluma de su escondite.

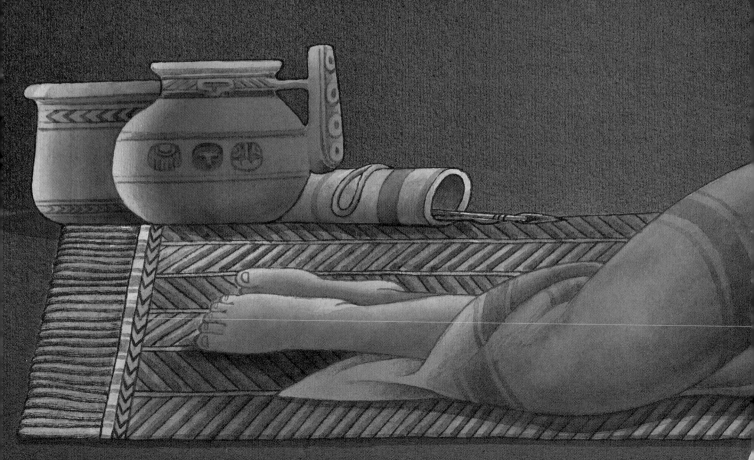

Cuando Kukul despertó notó que la pluma había desaparecido. Por más que la buscó no la encontró. Tampoco podía recordar las palabras del sumo sacerdote el día que nació. Sin saberlo, Kukul había perdido el amuleto y por consiguiente, toda su protección.

Y así fue que llegó el día en que el anciano jefe pasó a la otra vida. Los sumos sacerdotes se prepararon para el concilio en que debían elegir a un nuevo jefe. Chirumá sabía que estarían de parte de su sobrino. Por eso buscó al menor de los sacerdotes, el más fácil de convencer.

—Kukul no es ningún héroe—, le dijo—. Lo que pasa es que las flechas no caen donde él está. Él, de por sí, no se atreve a luchar.

—No es que no se atreva—, dijo el sacerdote—, sino que usa la cabeza para ganar.

Chirumá buscaba la menor oportunidad para hablarle mal de Kukul al sacerdote más joven. Otro día le dijo: —Kukul es imprudente. Se detiene a atender a los heridos y pone al resto en peligro.

—Es porque es compasivo—, contestó el sacerdote.

—No tiene experiencia—, respondió Chirumá, que ya empezaba a sembrar las semillas de la duda.

Resultaba que, según la costumbre, el nuevo *halac uinic* podía ser cualquier miembro de la familia del jefe fallecido. Los sumos sacerdotes se reunieron para la elección.

—Sin duda alguna, debe ser Kukul—, dijo el mayor de los sacerdotes.

—Debe ser Kukul—, opinó el segundo.

—Sí, sin duda alguna—, añadió el tercero.

Tras una breve pausa, habló el menor de los sacerdotes. —Debe ser Chirumá. Kukul es aún muy joven y le falta experiencia.

Los sacerdotes debatieron los méritos de cada uno, pero al final, nadie cambió su voto. Kukul fue elegido *halac uinic*.

Durante su gobierno, los pueblos estuvieron en paz. Con el tiempo, hasta el amigo de Chirumá se convenció del acierto de la elección de Kukul.

Kukul pasaba muchas horas estudiando los astros. Luego hacía cálculos matemáticos y les decía a los agricultores el mejor momento para sembrar a fin de obtener las mejores cosechas. Todo el mundo quería a Kukul, excepto Chirumá.

Un día, cuando Kukul andaba de cacería, oyó un leve susurro de las hojas y aprestó el arco y la flecha. Como céfiro, apareció un extraordinario colibrí, más grande que cualquier otro. Kukul jamás había visto uno igual. El colibrí revoloteó alrededor de Kukul y le dijo estas palabras: —Yo soy tu guardián, Kukul, y me toca prevenirte. Cuídate porque la muerte te anda rondando. Cuídate de un hombre.

—Extraordinario colibrí, mi guardián, ¿de quién debo cuidarme?—le preguntó Kukul.

—De alguien muy allegado a ti. Ten cuidado, Kukul—, dijo el pájaro antes de desaparecer.

Kukul siguió andando por el monte. Al llegar a una espesura, oyó un leve susurro de las hojas. Aprestó su flecha, pero no vio nada. Kukul se agachó un poco y siguió andando lentamente. No había andado mucho cuando... sss... una flecha se le clavó en el pecho.

A pesar del dolor, Kukul logró sacarse la flecha y se dirigió al río a lavarse la herida. "No ha de ser muy profunda," se dijo a sí mismo, tratando de convencerse. Pero empezaron a faltarle las fuerzas y el pecho se le puso rojo escarlata como la sangre.

Dio unos pocos pasos más y tuvo que recostarse contra un árbol. "¡Qué oscuridad!"—se dijo antes de caer en el mar de yerba esmeralda donde murió. Solo. Traicionado.

Entonces sucedió algo extraordinario. Poco a poco, el cuerpo de Kukul se volvió del color de la yerba, pero el pecho le quedó de color escarlata. La piel se le convirtió en plumas y el cabello, en una hermosa cresta.

Para cuando Chirumá salió de la espesura, los brazos de Kukul se habían transformado en alas. Todo lo que pudo ver Chirumá fue un pájaro verde resplandeciente, con el pecho escarlata y una enorme cola, que volaba a las alturas.

La población entera se puso de duelo por la pérdida de Kukul. Tras cierto tiempo, Chirumá fue elegido el nuevo jefe y, como soberano, fue cruel y belicoso. Poco después, los enemigos atacaron la ciudad y en la fiera batalla Chirumá cayó prisionero. Ante los ojos de todos le pintaron el cuerpo de blanco y negro, los colores de los esclavos. Se lo llevaron de la ciudad y nunca se supo nada de él.

En nuestros días, un hermosísimo pájaro verde con pecho escarlata, una enorme cola y una espléndida cresta se posa en las ramas más altas en lo más recóndito de las selvas nubladas, mirándolo todo, atento al susurro de las hojas.

Los antiguos mayas llamaron a este pájaro *kukul*. Grabaron su imagen en piedra y la colocaron en los templos y palacios. Ahora conocemos a este pájaro apacible —símbolo de libertad para su pueblo— como *quetzal*.

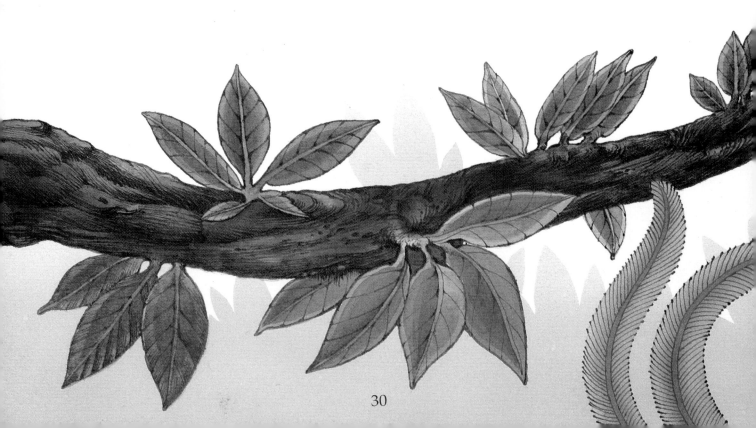

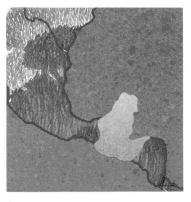

Los antiguos mayas vivieron en el sur de México, Guatemala, Honduras y la parte occidental de El Salvador. Aún hoy sus descendientes habitan en esas áreas. Entre ellos había agricultores, artistas, artesanos, orfebres. Sus arquitectos e ingenieros construyeron magníficos templos y pirámides. El nombre *quetzal* es de los aztecas, para quienes este pájaro también era importante. El aspecto del macho es tal como se describe en *El rey colibrí*. Las plumas superiores de la cola pueden alcanzar hasta tres pies (91 cm) de largo. En tiempos antiguos, esas plumas se empleaban para penachos ceremoniales, símbolos de autoridad. Cazadores especialmente entrenados capturaban al pájaro, le quitaban las plumas y luego lo dejaban en libertad. Las plumas le volvían a crecer.

El quetzal es el ave nacional de Guatemala. Su imagen aparece en sellos o estampillas de correos así como en billetes y monedas porque el dinero del país se denomina *quetzal*. Sin embargo, en ese país, el quetzal está en grave peligro de extinción y sólo se encuentra en parques nacionales, protegido por la ley.

Según la leyenda, el quetzal ama tanto la libertad que si se enjaula, muere. Pero en algunos zoológicos y centros ambientales se ha logrado que se reproduzca, un hecho importante porque su hábitat está desapareciendo.

Hoy se encuentra esta hermosa ave en remotas selvas nubladas, desde el sur de México hasta la parte occidental de Panamá, en mayor abundancia en ciertos parques nacionales de este último país y de Costa Rica.

figura humana